हिन्द पॉकेट बुक्स

आओ अपने अंतरिक्ष को जानें

अंतरिक्ष हमेशा से बड़ों-बड़ों के लिए रहस्य का विषय रहा है, तो बच्चों की बुद्धि के लिए तो और भी रहस्यमय है। धरती के ऊपरी आकाश से भी ऊंचे और दूर-दूर तक फैले अंतरिक्ष की रोमांचक जानकारियां पाने के लिए हमेशा जिज्ञासा बनी रहती है।

बच्चों और किशोरों की इसी जिज्ञासा को शांत करने के लिए लिखी गई है यह छोटी-सी किताब। पहला उपग्रह कब अंतरिक्ष में छोड़ा गया, यात्री विमान कैसा, पहला मानव जो वहां गया, यात्रा की पहली शुरूआत, परेशानियां, भोजन, भाषा, फ़ोटोग्राफ़ी, वहां का जीवन, जैसी बारीक-से-बारीक बातें खुल कर सामने आएंगी और खोलेंगी चमत्कारों का रहस्य।

बच्चों में विज्ञान के बारे में जानकारी बढ़ाने और उनमें वैज्ञानिक रुचि पैदा करने का यह अनूठा सचित्र प्रयास। आइए, पढ़ें और जानें और अंत में दी गई प्रश्नोत्तरी को हल करके अपनी परीक्षा आप ही लें।

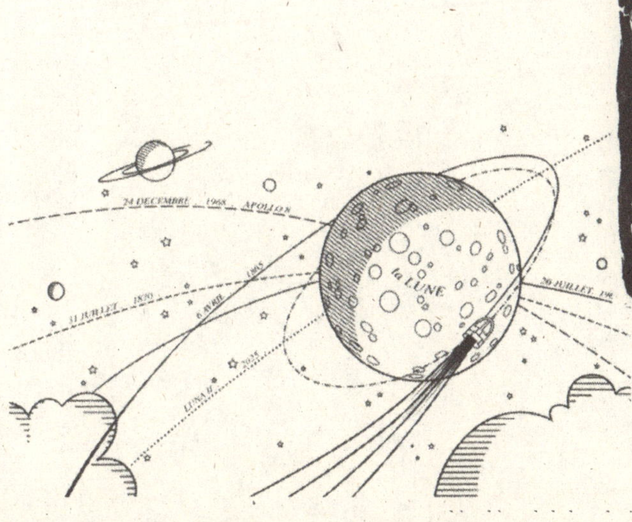

सुरुचिपूर्ण एवं प्रेरणादायक ज्ञान-विज्ञान साहित्य

आओ अपने अंतरिक्ष को जानें

राजेन्द्र कुमार 'राजीव'

हिन्द पॉकेट बुक्स
पेंगुइन रैंडम हाउस इम्प्रिंट

हिन्द पॉकेट बुक्स

यूएसए | कनाडा | यूके | आयरलैंड | ऑस्ट्रेलिया | सिंगापुर
न्यू ज़ीलैंड | भारत | दक्षिण अफ्रीका | चीन

हिन्द पॉकेट बुक्स, पेंगुइन रैंडम हाउस ग्रुप ऑफ़ कम्पनीज़ का हिस्सा है,
जिसका पता global.penguinrandomhouse.com पर मिलेगा

पेंगुइन रैंडम हाउस इंडिया प्रा. लि.,
चौथी मंजिल, कैपिटल टावर -1, एम जी रोड,
गुड़गांव-122002, हरियाणा, भारत

पेंगुइन
रैंडम हाउस
इंडिया

प्रथम हिन्दी संस्करण हिन्द पॉकेट बुक्स द्वारा 2012 में प्रकाशित
यह हिन्दी संस्करण हिन्द पॉकेट बुक्स में पेंगुइन रैंडम हाउस द्वारा 2022 में प्रकाशित

10 9 8 7 6 5 4 3 2

ISBN 9789353491529

मुद्रकः रेप्रो इंडिया लिमिटेड

www.penguin.co.in

FSC www.fsc.org
MIX
Paper from responsible sources
FSC® C047271

This is a legitimate digitally printed version of the book and therefore might not have certain extra finishing on the cover.

क्रम

आओ अपने अंतरिक्ष को जानें

अंतरिक्ष किसे कहते है?

वेदों के अनेक शब्दों के अर्थ वे नहीं रहे जो पहले थे। अंतरिक्ष शब्द का अर्थ भी बदल गया।

आज यह शब्द 'स्पेस' के अर्थ में प्रयुक्त होता है, पर हमारा यह शब्द स्पेस से अधिक उपयुक्त है, क्योंकि 'स्पेस' की तरह इस अंतरिक्ष शब्द का इस्तेमाल जगह-फासला आदि के अर्थ में नहीं होता। आधुनिक धारणा के अनुसार अब इस अंतरिक्ष शब्द का अर्थ है पृथ्वी के वायुमंडल के परे का दिक्कालीय विस्तार।

आम तौर पर समूचे ब्रह्मांड अथवा विश्व के अर्थ में इस शब्द का प्रयोग नहीं होता। बल्कि विश्व के उन अलग-अलग भागों के लिए होता है जिनकी अपनी कुछ विशेषताएं हैं– जैसे, अंतरिक्ष, अन्तर्मन्दाकिनी अंतरिक्ष। अंतरिक्ष यात्राओं

के सन्दर्भ में पृथ्वी के सापेक्ष 'निकट अंतरिक्ष' और 'सुदूर अंतरिक्ष' जैसे शब्दों का भी प्रयोग होता है।

अन्तर्राष्ट्रीय वैज्ञानिक संघ के निर्णय के अनुसार 'अंतरिक्ष-यात्रा' का अर्थ है, धरातल से 900 किलोमीटर से अधिक दूर के प्रदेश की यात्रा।

आसमान नीला क्यों हैं?

आसमान हमें नीला दिखता है, क्योंकि सूरज से आने वाला प्रकाश हवा, धूल और पानी के छोटे-छोटे कणों द्वारा बिखर कर फैल जाता है। अन्य सफेद प्रकाशों की तरह सूरज का प्रकाश भी स्पेक्ट्रम के सभी रंगों से मिलकर बना होता है। ये वे ही रंग हैं जो हम इन्द्रधनुष में देखते हैं।

अगर आप इन सभी रंगों वाली किरणों को लेकर उन्हें मिला दें तो आपको सफेद प्रकाश प्राप्त होगा।

प्रकाश के विषय में बहुत-सी ऐसी बातें हैं, जिनकी जानकारी अभी हमें प्राप्त करनी है। इतनी बात प्रायः निश्चित है कि प्रकाश की प्रकृति कुछ-कुछ तरंगों जैसी है।

दूसरे शब्दों में प्रकाश की लहरें चारों तरफ फैलती हैं, करीब-करीब ऐसे ही जैसे किसी तालाब में आप पत्थर फेंकने

एक बालिका नीले आसमान को देखती

के बाद लहरों को उठती हुई देखते हैं। अलग-अलग रंगों की किरणें अलग-अलग लम्बाइयों की लहरों (वेवलेंथ) में चलती हैं।

नीली किरणों की लहरें लाल या नारंगी किरणों की लहरों से काफी छोटी होती हैं।

जब सूरज का प्रकाश पृथ्वी के वायुमंडल से होकर गुजरता है और हवा में उड़ते हुए छोटे-छोटे कणों से टकराता है तो नीले रंग की किरण की लहर की लम्बाई ठीक उतनी ही होती है कि ये कण उसे रोककर बिखेर दें।

लाल या नारंगी रंग की किरणें अधिक लम्बी लहरों की होने के कारण वायुमंडल के आरपार सीधी गुजर जाती हैं। नीली किरणों के बिखरने के कारण ही आसमान नीला दिखाई देने लगता है। इसके अलावा यह बात भी है कि इस किरण के आसमान में ही बिखर जाने के कारण यह सूरज के प्रकाश के एक अंश के रूप में हमारी आंखों तक नहीं पहुंच पातीं।

अतः सूरज हमें उससे कुछ अधिक ही पीला दिखाई देता है, जितना कि वह है। कारण सिर्फ यही है कि नीला प्रकाश पीछे आसमान में ही छूट जाता है।

सुबह-शाम को, सूरज के उगते या डूबते समय, आपने आकाश में प्रायः लाल और नारंगी रंग की छटा देखी होगी। इस समय सूरज की रोशनी को दूसरे समयों की

अपेक्षा वायुमंडल की ज्यादा मोटी परतों में से गुजरना पड़ता है। फिर जमीन के नजदीक पहुंचकर यह प्रकाश धूल के और भी अधिक कणों से टकराता है और तब लाल और नांरगी रंग की लहरें भी बिखर जाती हैं।

आसमान में हमें जो भी रंग दिखाई पड़ता है, अक्सर वह प्रकाश और वायुमंडल के कारण ही दिखाई पड़ता है।

यदि वायुमंडल बिल्कुल ही न होता तो आसमान गहरे काले रंग का होता, फिर भी बिना किसी वायुमंडल के भी, आसमान में कुछ-न-कुछ रंग अवश्य होते।

आसमान में जो तारे हैं उनका रंग नीला, लाल या पीला जो भी है, वे अपने रंग को कायम रखते हैं, क्योंकि उनके रंग हमारी पृथ्वी के वायुमंडल के कारण नहीं हैं।

इन्द्रधनुस कैसे बनता हैं

आसमान में इन्द्रधनुष जब भी बनता है, वह सूरज के सामने की तरह ही बनता है। इन्द्रधनुष की ओर देखने वाले व्यक्ति की पीठ हमेशा सूरज की ओर रहती है।

इन्द्रधनुष के बनने का कारण यह होता है कि सूरज की किरणें आसमान में छाए छोटे-छोटे वर्षा कणों पर मुड़ जाती हैं।

सूरज का सफेद प्रकाश सभी रंगों से मिल-जुलकर बना है, लेकिन जब यह सफेद प्रकाश पानी की किसी बूंद में से गुजरता है तो इसको बनाने वाली किरणें अपने-अपने गुण के अनुसार अलग-अलग कणों पर झुक जाती हैं, और इस प्रकार एक-दूसरे से अलग हो जाती हैं। इसके बाद जब वे बूंद के पिछले भाग तक पहुंचती हैं तो ये अलग-अलग

आसमान में बादलों के बीच बना इन्द्रधनुष

किरणें कासनी, नीली, हरी, पीली, नारंगी और लाल–बूंद की पिछली सतह से टकरा कर हमारी आंखों तक पहुंचती हैं।

बूंद को छोड़ते समय ये अलग-अलग रंगों की किरणें फिर से इस तरह मुड़ जाती हैं कि उनके बीच का फासला और भी ज्यादा हो जाता है।

आपको कभी-कभी बिलकुल यही रंग उस समय भी दिखाई दिए होंगे जब पानी से बगीचे की सिंचाई करते समय सूरज की धूप उसके छिड़काव पर पड़ती है। छिड़काव के पानी की नन्ही बूंदें प्रकाश की किरणों को आसमान के कणों पर झुका देती हैं।

अंतरिक्ष में मनुष्य की परेशानियां

अंतरिक्ष में जीवित रहने तथा बताए गए कार्यों को पूरा करने के लिए अंतरिक्ष-यात्री को यह अनिवार्य हो जाता है कि वह वहां पर आरामपूर्वक तथा दक्षतापूर्वक रहना सीखे। इस कार्य के संबंध में सबसे बड़ी समस्या उसके सामने जो आती है, वह अन्तरिक्ष में उपयुक्त वातावरण बनाये रखने की है। यह उसके लिए पृथ्वी के वातावरण की प्रतिलिपि होगी।

मानव एक संकीर्ण यंत्र है। यह यंत्र लाखों सालों तक एक-सी अवस्था में रहने के बाद बना है।

यद्यपि वह सिखाया जा सकता है, जलवायु के अनुकूल किया जा सकता है, तथा वह पुनः अभियांत्रिक किया जा सकता है। जहां कहीं वह जाये, उसे अपने साथ अपने रहने का तरीका

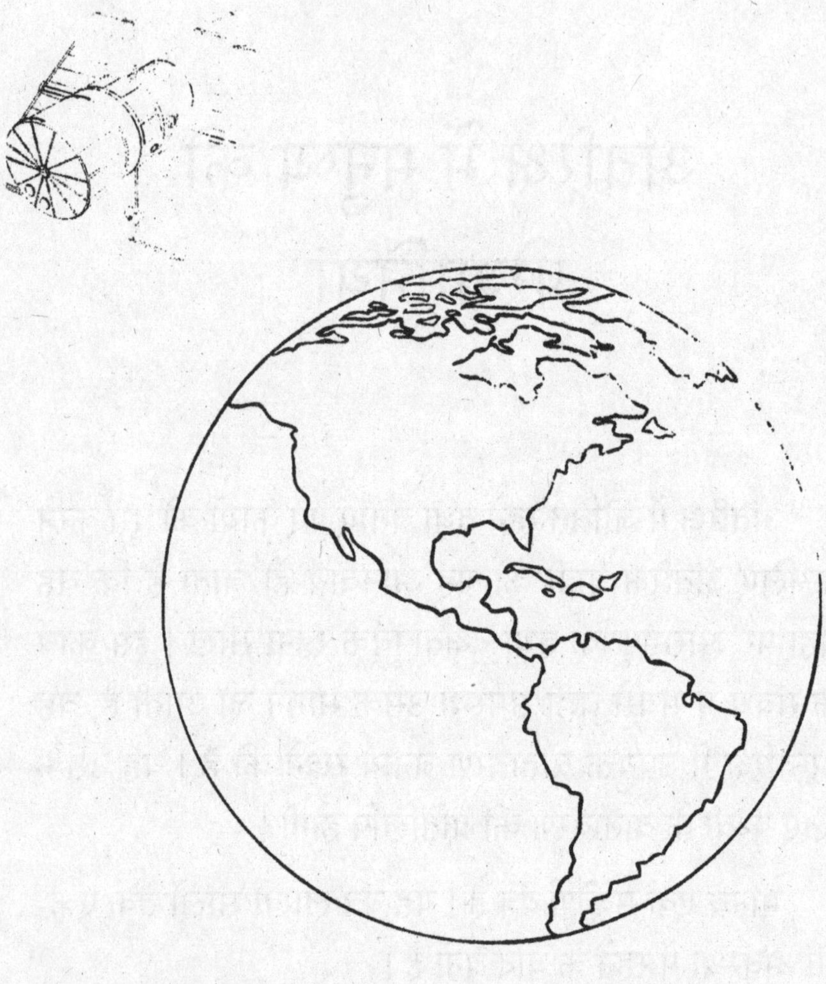

पृथ्वी से दूर अंतरिक्ष में जाता मानव रहित अंतरिक्ष यान

ले जाना चाहिए। इसका अर्थ यह नहीं है कि उसे सांस लेने के लिए हवा, तापमान तथा आर्द्रता ही चाहिए, बल्कि उसे गर्मी, सर्दी, भारहीनता तथा विकिरण से बचने के साधन भी चाहिए। इनके अतिरिक्त उसकी सम्बन्धित समस्याएं, भोजन, पानी, मल-त्याग, थकान तथा मनोरंजन भी उसके सामने आती हैं।

पृथ्वी पर मनुष्य को प्रतिदिन 2 पौंड आक्सीजन की आवश्यकता पड़ती है जिसे वह वातावरण से प्राप्त करता है, किन्तु अन्तरिक्ष में तो हवा नहीं है। 50,000 फुट की ऊंचाई से ऊपर सांस नहीं ली जा सकती।

यद्यपि एक अन्तरिक्ष वाहन को तो 40,000 फीट की ऊंचाई से ही दबाव का आभास होने लगता है, किन्तु इस ऊंचाई के बाद अन्तरिक्ष-वाहन के आसपास वातावरण नहीं होता है। इसलिए वह अपने साथ तीन वस्तुओं में से कोई एक वस्तु अवश्य ले जाता है। ये हैं दबी, ऑक्सीजन गैस, द्रवीय ऑक्सीजन या ऑक्सीजन प्रदायक द्रव्य।

वातावरण में तो कास्मिक किरणों की तीव्रता तथा प्रारम्भिक शक्ति काफी कम हो जाती है, किन्तु अन्तरिक्ष में इनकी तीव्रता तथा शक्ति काफी अधिक है।

अतः वहां पर कोई वस्तु पहुंच भी जाय तो उसे पार-नील लोहित विकिरण का सामना करना पड़ेगा। अन्तरिक्ष के पार-नील लोहित विकिरण से झुलसन आ जाती है।

पृथ्वी के तल पर विकिरण से बचने के लिए वातावरण एक जीवन-रक्षक का कार्य करता है।

अन्तरिक्ष के क्षेत्र में अनेक छोटे-बड़े उल्का तारे इधर-उधर घूमते रहते हैं। जैसे ही उल्का तारे वातावरण में प्रवेश करते हैं तो घर्षण के कारण आग पकड़ लेते हैं। आग पकड़ने के बाद वे टूटते हुए तारे बन जाते हैं तथा बाद में जल जाते हैं। किन्तु एक वाहन कि लिए अन्तरिक्ष के क्षेत्र में घूमने पर खतरा ही है।

इनके अतिरिक्त अनेक शारीरिक समस्याएं मनुष्य के सामने आती हैं।

पृथ्वी पर दिन-रात के निश्चित क्रम के अनुसार उसकी कार्य प्रणाली निश्चित होती है। अन्तरिक्ष में उसे सचेतता तथा निरंतर कार्य करने की अनेक बातों के साथ रहने की परेशानी आती है। इस प्रकार उसकी आभास-क्षमता पर भी प्रभाव पड़ता है।

अंतरिक्ष में मनुष्य का भोजन

एक अंतरिक्ष यात्री के लिए भोजन अत्यंत ही मुख्य वस्तु है। भोजन उसके पाचन तथा प्राकृतिक अवस्था को ठीक रखने के लिए अति आवश्यक है। रसोइया, अभियांत्रिकों, उड्डयन चिकित्सकों तथा पाचन विशेषज्ञों ने अंतरिक्ष के भोजन की भोजन तालिकाएं बनायी हैं।

अंतरिक्ष उड़ानों के लिए मुख्यतः तीन भोजन योजनाएं बनायी गयी हैं। पहली योजना 2-3 दिन की उड़ानों के लिए है। दूसरी 3 से अधिक दिनों की उड़ानों के लिए तथा तीसरी महीनों तथा सालों लम्बी उड़ानों के लिए है।

पहली योजना के अन्तर्गत खाद्य पदार्थों की सलाखें जिसके कि टुकड़े हों, प्रत्येक टुकड़े की उष्मा मात्रा 250 कैलोरी हो, प्लास्टिक के थैलों में पानी जिनमें से पीने के लिए प्लास्टिक की

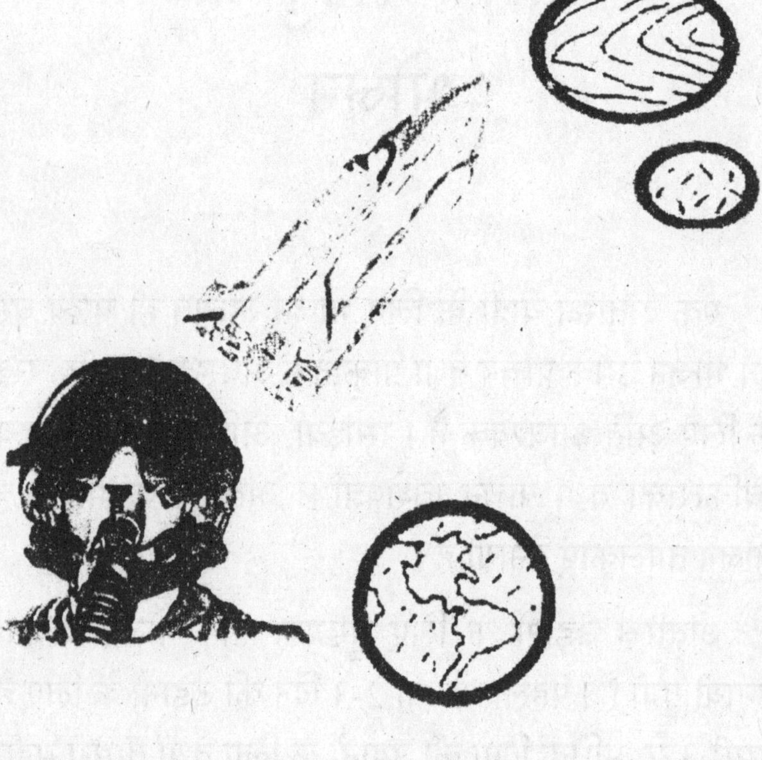

यूरी गगारिन अंतरिक्ष में पहुंचे

नलियां लगी हों, द्रव तथा अर्धद्रव भोजन जैसे दलिया, सूखा दूध, चाकलेट, पनीर, खाने योग्य फल, रस तथा शुष्क भोजन आते हैं। लम्बी अवधि वाली योजना के लिए भोजन विशेषज्ञ यह विश्वास करते हैं कि अन्तरिक्ष-यात्री अंतरिक्षयान के भीतर कृत्रिम गुरुत्व के साधन पैदा कर लेंगे। वे ये भी सोचते हैं कि पानी तो शरीर के मल-मूत्र से प्राप्त हो जाएगा। इसे शुद्ध करके पुनः प्रयोग में लाया जा सकता है।

जहां भार तथा अंतरिक्ष अत्यन्त ही प्रतिकूल हों, वहां के लिए भोजन शुष्क, पूर्व पका हुआ तथा उसके साथ साधारण प्रकार की शराब होनी चाहिए।

जहां भार एक विचारणीय समस्या नहीं है, उस जगह यथासम्भव भोजन में उपलब्ध वस्तुएं होती हैं।

शुष्क मसाला, शाक-भाजी, चटनी, अचार, जैली आदि वहां भोजन में सम्मिलित किए जा सकते हैं; किन्तु जहां अंतरिक्ष तथा भार का कोई प्रश्न ही नहीं, वहां पर तो भोजन दिया जा सकता है। जो आधुनिक वायुयानों में दिया जाता है।

किन्तु महीनों तथा वर्षों लम्बी अंतरिक्ष-यात्रा के लिए यह सम्भव नहीं होगा कि वर्षों तक के लिए वस्तुएं यहां से ले जायी जाएं। उस अवस्था में संतुलित बंद तथा ठोस उत्पादक बाहरी संस्थानों की आवशकता है, जो मनुष्य को भोजन तथा ऑक्सीजन प्रदान कर सकें तथा विसर्जित वस्तुओं को प्रयोग

करके मानवोपयोगी वस्तुओं में बदल सकें।

चूंकि हमारी पृथ्वी एक सफल उत्पादक संस्थान है, इसलिए शायद मनुष्य अपने साथ जमीन का नमूना अंतरिक्ष में इस प्रकार का संस्थान बनाने के लिए ले जाएगा।

प्रकृति द्वारा उत्पादन चक्र बिल्कुल निश्चित-सा ही कर दिया गया है। मनुष्य तथा अन्य जानवर पृथ्वी के पेड़-पौधों तथा समुद्र द्वारा उत्पादित वस्तुओं को खाते हैं। ये अपनी विसर्जित वस्तुओं को उसके जीवन-चक्र में प्रयुक्त कराते हैं।

अंतरिक्ष यात्रा की शुरुआत कैसे?

सभी युगों में और प्रायः सभी देशों के लोक साहित्य में आकाश यात्रा की कथाएं प्रचलित रही हैं, परन्तु ये कथाएं वास्तविकता बनीं बीसवीं सदी के उत्तरार्ध में, पिछले करीब बीस वर्षों में।

बारूद और आतिशबाजी के अग्निबाणों यात्री रॉकेटों की खोज आज से करीब एक हजार साल पहले हुई थी। चीन में अरबों के माध्यम से यूरोप को बारूद और रॉकेटों की जानकारी चौदहवीं सदी के बाद मिली।

'रॉकेट' शब्द इतावली भाषा का है। रॉकेटों का ज्ञान भारत में भी पहुंचा।

आज से दो सौ साल पहले हैदरअली ने अंग्रेज़ों के खिलाफ़ रॉकेटों का इस्तेमाल किया था। बाद में यूरोप में इन रॉकेटों का

अंतरिक्ष यान केन्द्र, जहां से यान अंतरिक्ष में भेजे जाते हैं

अधिक विकास हुआ। किन्तु वर्तमान सदी के आरम्भ काल तक किसी को भी इस बात की कल्पना नहीं थी कि केवल रॉकेट यान ही अन्तरिक्ष में यात्रा कर सकता है।

रॉकेट ही एकमात्र ऐसा साधन है जो निर्वात अन्तरिक्ष में भी यात्रा कर सकता है। पिछली सदी के उत्तरार्द्ध में जूल वर्न ने 'पृथ्वी से चन्द्र तक' शीर्षक से एक बड़ा रोमांचक लेख लिखा, परन्तु उसमें भी वह अपने यात्रियों को एक रॉकेट यान के जरिए चन्द्रमा की ओर नहीं भेजते, बल्कि प्रक्षेपण के लिए एक विशाल तोप की कल्पना करते हैं।

1901 में एच. जी. वेल्स ने 'चन्द्र पर प्रथम मानव' शीर्षक से अपना प्रसिद्ध कल्पित लेख लिखा तो उसमें उन्होंने चन्द्रयात्रा के लिए 'केबोराइट' नामक एक ऐसे पदार्थ की कल्पना की जो गुरुत्वाकर्षण के बन्धन को काट सकता हैं।

रूसी वैज्ञानिक कोन्स्तान्तिन त्सिओल्कोवस्की पहले व्यक्ति हैं, जिन्होंने 1903 में प्रकाशित अपनी खोजों में अन्तरिक्ष-यात्रा के वैज्ञानिक सिद्धान्त प्रतिपादित किए और सिद्ध किया कि केवल रॉकनयान से ही निर्वात अन्तरिक्ष की यात्रा संभव है। फिर वर्तमान सदी के दूसरे-तीसरे दशकों में अमेरिकी वैज्ञानिक गोडार्ड ने रॉकेटों के विकास में बड़ा योगदान दिया। लेकिन इसके बाद इस दिशा में सर्वाधिक खोजबीन हुई जर्मनी में।

आज यह बात सर्वविदित है कि दूसरे महायुद्ध के बाद रॉकेट अनुसन्धान के क्षेत्र में काम करने वाले लगभग सारे जर्मन वैज्ञानिक अमेरिका के हाथ लग गए। दरअसल अमेरिका ने दूसरे महायुद्ध के दौरान परमाणु बमों के निर्माण में और उसके बाद शक्तिशाली रॉकेटों के निर्माण में जो अद्भुत सफलताएं प्राप्त की हैं, उनका सर्वाधिक श्रेय अमेरिका में जाकर बसे यूरोप के सैकड़ों प्रतिभाशाली वैज्ञानिकों को जाता है।

अंतरिक्ष में संसार का पहला उपग्रह और मानव

संसार का पहला कृत्रिम उपग्रह अन्तरिक्ष कक्षा में स्थापित करने में और पहले मानव यूरी गगारिन को अन्तरिक्ष में भेजने में सफलता मिली सोवियत संघ के वैज्ञानिकों को।

अन्तरिक्ष-अनुसन्धान की शुरुआत हुए मुश्किल से कई दशक हो गए हैं, परन्तु इतने कम समय में ही कितना कुछ हो चुका है। एक दर्जन अन्तरिक्ष यात्रियों को चन्द्रमा पर उतार कर वहां से सुरक्षित वापस लाया गया है।

चन्द्रमा पर 'लूना-खोज' जैसी स्वचालित गाड़ियां उतारी गई हैं। चन्द्रतल की मिट्टी धरती पर लाकर उसकी वैज्ञानिक जांच-पड़ताल भी की गई है।

चन्द्रमा पर 'लूना-खोज' जैसा स्वचालित यान पहुंचा

शुक्र और मंगल जैसे पड़ोसी ग्रहों पर कई सारे स्वचालित यन्त्र-उपकरण उतारे गए हैं। बृहस्पति और शनि की कक्षाओं तक भी स्वचालित यान पहुंच चुके हैं।

ऐसे स्वचालित यान भी धरती से प्रेषित कर दिए गए हैं, जो सौरमण्डल के अन्तिम ग्रह प्लूटो की कक्षा को पार करके सुदूर अन्तरिक्ष में पहुंच जाएंगे।

काफ़ी साल के कम समय में हजारों कृत्रिम उपग्रह विभिन्न पार्थिव कक्षाओं में स्थापित किए गए हैं। अंतरिक्ष प्रयोगशालाएं अस्तित्व में आ चुकी हैं।

करीब 175 दिन तक अन्तरिक्ष में मानव के निवास का रिकार्ड स्थापित हो चुका है।

पार्थिव अन्तरिक्ष में स्थायी अन्तरिक्ष-स्टेशनों की स्थापना में बहुत अधिक देर नहीं लगी। इन अन्तरिक्ष-स्टेशनों तक आने-जाने के लिए अन्तरिक्ष-शटलों का निर्माण किया जा चुका है।

पहले के करीब बीस वर्षों में अन्तरिक्ष अनुसंधान के परिणामस्वरूप जितनी उपलब्धियां हुई हैं, उनकी गिनती करना सम्भव नहीं है।

इन अनुसंधानों के कारण खगोल-विज्ञान का स्वरूप ही बदल गया है।

कृत्रिम उपग्रहों ने ही हमें जानकारी दी है कि सात-आठ सौ

किलोमीटर के ऊपर एक विकिरण-मण्डल है।

अब अन्तरिक्ष-प्रयोगशालाओं में दूरबीनें भी स्थापित की जाती हैं। ऊपर उन किरणों का भी अध्ययन सम्भव है, जो वायुमण्डल को पार करके हमारी धरती तक नहीं पहुंचतीं।

अंतरिक्ष में फोटोग्राफी

अन्तरिक्ष फोटोग्राफी के दो तरीके हैं–एक तो यह है कि अन्तरिक्ष यात्री किसी साधारण या फिल्म-टेलीविजन कैमरे से खुद चित्र उतार लें।

दूसरा तरीका यह है कि किसी अन्तरिक्ष-यान में या उपग्रह में दूरचालित टेलीविजन प्रणाली फिट कर दी जाए। जब यान चित्र लेने के लिए सही स्थिति में हो तब पृथ्वी से उपयुक्त बेतार सन्देश भेज कर यान की टेलीविजन प्रणाली चालू कर दी जाए। वहां से जो टेलीविजन चित्र प्रसारित करते हों वे पृथ्वी पर स्थित केन्द्र में ग्रहण कर लिए जाएं।

अन्तरिक्ष फोटोग्राफी में अधिकतर यह दूसरा तरीका ही अपनाया गया है। यहां इतना और बता दिया जाए कि अन्तरिक्ष फोटोग्राफी में काम आने वाले कैमरे, उनके लैंस

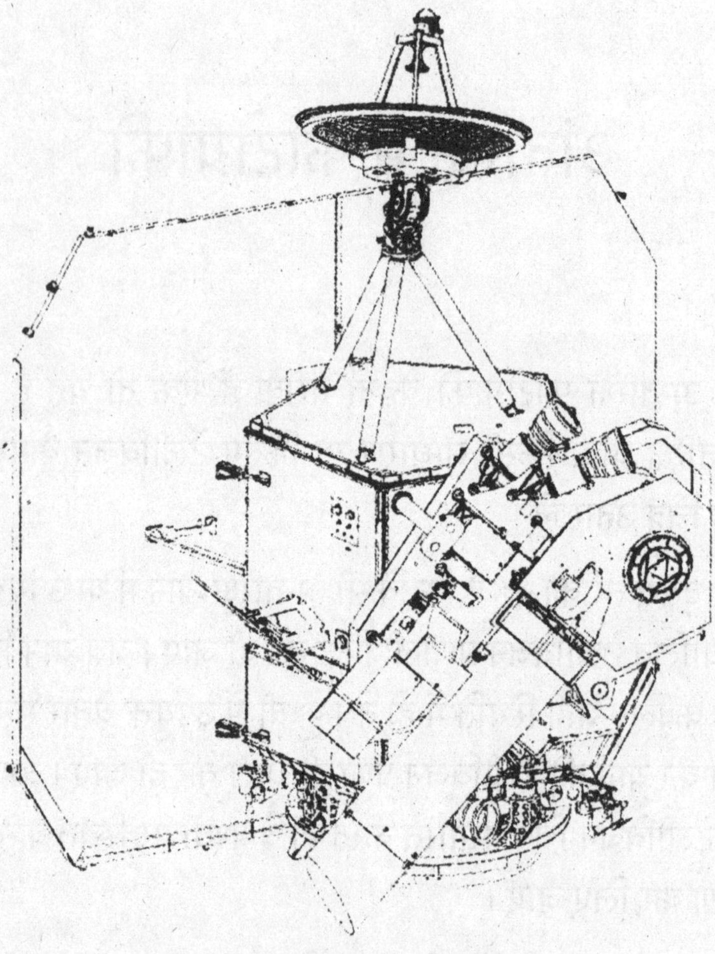

अन्तरिक्ष फोटोग्राफ़ी यंत्र

और उनकी टेलीविजन प्रणाली सभी अपने ही ढंग के हैं। सूक्ष्म उपकरणों का निर्माण करने वाली बिल्कुल नई तकनीकें इनके लिए इस्तेमाल की गई हैं।

अन्तरिक्ष से पृथ्वी पर साधारण फोटोग्राफी के साथ-साथ इनफ्रारेड फोटोग्राफी भी की जा रही है। जिस भी चीज में जरा-सी गर्मी भी हो, वह एक खास तरह की किरण प्रसारित करती है, जिसे साधारण बोलचाल की भाषा में तापसूचक किरण भी कहा जा सकता है। इन किरणों की तरंग-लंबाई साधारण प्रकाश की लाल किरणों की तरंग-लम्बाई से ज्यादा होती है। इसीलिए इन्हें इनफ्रारेड कहा जाता है।

इनफ्रारेड किरणें पकड़ सकने में इंसानी आंख बहुत काम की नहीं है। या घुप्प अंधेरे में अगर हम थोड़ा-बहुत देख पाते हैं तो इनकी सहायता से ही, लेकिन इन किरणों को कुछ खास तरह की फोटो-फिल्मों पर कुछ खास तरह के उपकरणों की सहायता से उतारा जा सकता है।

इस तरह जो चित्र बनता है उसमें साधारण चित्र की तरह छाया और प्रकाश वाले स्थलों का नहीं गर्म और ठंडे स्थलों का अन्तर उजागर होता है।

अन्तरिक्ष से उतारे जाने वाले चित्र में एक साथ पृथ्वी का 81 हज़ार वर्ग किलोमीटर इलाका ग्रहण किया जा सकता है। जब कि ऊंची-से-ऊंची उड़ान भरने वाले हवाई जहाज में केवल चार

सौ वर्ग किलोमीटर इलाके का चित्र आ पाता है।

पृथ्वी के बड़े-बड़े क्षेत्रों के ये चित्र भूगर्भशास्त्रियों के लिए बहुत काम के होते हैं। इनकी मदद से उन्होंने पृथ्वी के भूगर्भ-सम्बन्धी अच्छे मानचित्र तैयार किए हैं।

एक बात और ध्यान देने लायक है। वह यह कि अन्तरिक्षयान अपनी गति तथा ऊंचाई के कारण समूचे देशों, समूचे महाद्वीपों बल्कि समूचे गोलार्द्ध के चित्र उतार सकता है और उन्हें एक के बाद एक प्रसारित करके हम तक भेज सकता है। इस तरह एक के बाद एक मिलने वाले चित्रों से मौसम के बदलने, बादलों के इधर से उधर जाने, तूफानों के उठने और बढ़ने, बर्फ के जमने और गलने, नदियों के मार्ग बदलने वगैरह के बारे में अच्छी जानकारी मिल पाती है।

ग्रहों के निवासियों की भाषा कैसे समझेंगे?

सन् 1960 की 5 और 6 अप्रैल की रातें थीं। अमरीका की गीक बैक वेधशाला की 25 मीटर की रेडियो-दूरबीन आकाश के दो विशेष तारों की ओर मुड़ी हुई थी।

खगोलविदों का अनुमान है कि वैतरणी (एरिदानस) और तिमिंगल (सीतल) नक्षत्र-मंडलों के उपर्युक्त दो तारों की अपनी ग्रहमालिकाएं हैं। उन दो तारों से उत्सर्जित रेडियो-ध्वनि को वह रेडियो-दूरबीन ग्रहण कर रही थी। इन रेडियो संकेतों को प्रवर्धित किया जा रहा था। इन्हें टेप-रिकार्ड किया जा रहा था। विद्युत-गणक यन्त्रों से इनका विश्लेषण हो रहा था।

ये रेडियो-संकेत विशेष प्रकार के थे। इनका तरंग-दैर्घ्य 21 सेंटीमीटर था। इनमें एक खास तारतम्य था। क्या ये संकेत उन तारों के किसी ग्रह से आ रहे हैं? क्या उन ग्रहों के बुद्धिमान प्राणी

इन्हें पृथ्वी की ओर भेज रहे हैं? क्या इन संकेतों में कोई खास संदेश छिपा हुआ है?

वैज्ञानिक इन रेडियो-संकेतों के अध्ययन में जुट गये। कुछ वैज्ञानिकों को यकीन भी हो गया कि ये संकेत अन्तरिक्ष के बुद्धिमान प्राणियों ने भेजे हैं।

चूंकि ये संकेत ग्रीन बैंक वेधशाला में ग्रहण किए गए थे। इसलिए इन्हें भेजने वालों को एक काल्पनिक नाम भी दे दिया गया–ग्रीन मैन (हरे मानव)।

अन्तरिक्ष के इन 'हरे मानवों' की खोज का समाचार सारे संसार में फैल गया। वैज्ञानिक चौकन्ने हो गये और इन संकेतों के भौतिक स्रोतों की खोज में जुट गए।

अन्त में पता चला कि शून्य अन्तरिक्ष में हाइड्रोजन के परमाणु जब आपस में टकराते हैं, तो वे 21 सेंटीमीटर तरंग-दैर्घ्य के संकेतों का उत्सर्जन करते हैं। बाद में यह भी पता चला कि इन संकेतों में जो तारतम्य नजर आया था, वह बाह्य के कारण नहीं बल्कि वेधशाला के उपकरणों के कारण था। वैज्ञानिक की आशाओं पर पानी फिर गया। चलो, इस बार नहीं तो संभवतः अगली बार सही!

वैज्ञानिकों को पूरा विश्वास है कि पृथ्वी के बाहर भी विश्व के लाखों करोड़ों ग्रहों पर जीव-जगत् का अस्तित्व है। इस विशाल ब्रह्मांड में करीब 10,00,00,00,00,00,00,00,00,000 तारे हैं।

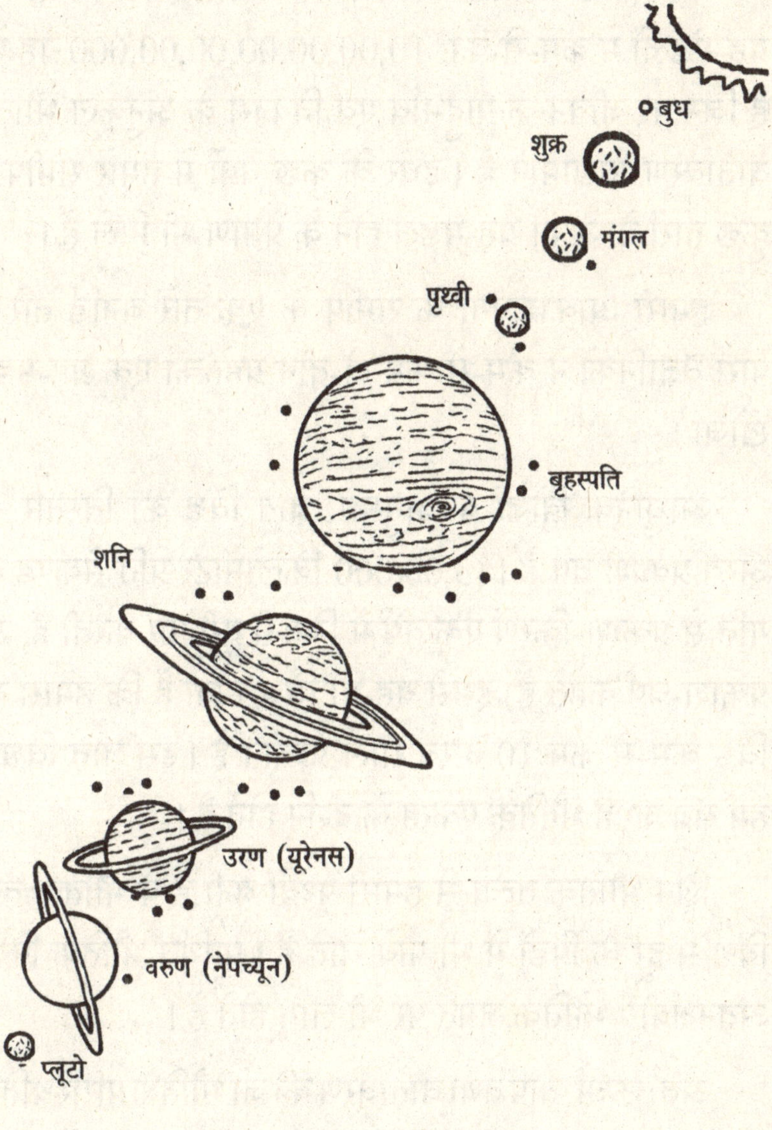

सौर परिवार

प्रख्यात खगोलवेत्ता हार्लो शेप्ले का मत है कि इन तारों के ग्रह-मंडलों में कम-से-कम 10,00,00,00,00,00,000 ग्रह ऐसे हैं जिन पर जीवन के प्रादुर्भाव एवं विकास के अनुकूल भौतिक वातावरण विद्यामान है। इधर के कुछ वर्षों में हमारे समीप के कुछ तारों के अपने ग्रह-मंडल होने के प्रमाण भी मिले हैं।

हमारी आकाशगंगा के समीप के एक तारे बर्नार्ड तारे के पास वैज्ञानिकों ने कम-से-कम दो-तीन ग्रहों का एक ग्रह-मंडल खोजा।

आधुनिक खोजों के अनुसार, ज्ञात विश्व का विस्तार 10 अरब प्रकाश वर्ष है। (3,00,000 किलोमीटर प्रति सेकण्ड की गति से प्रकाश-किरणें एक वर्ष में जितनी दूरी पार करती हैं, उसे प्रकाश-वर्ष कहते हैं) इससे यह भी सिद्ध होता है कि हमारा यह विश्व कम-से-कम 10 अरब साल प्राचीन है। इस ज्ञात विश्व में हमें सब जगह भौतिक एकता के दर्शन होते हैं।

जिन भौतिक तत्वों से हमारी पृथ्वी बनी है वे भौतिक तत्व विश्व से दूर के पिंडों में भी पाये जाते हैं। पार्थिव भौतिक नियम अंतनर्क्षत्रीय भौतिक जगत पर भी लागू होते हैं।

अतः ऊर्जा, ताप तथा वातावरण की जो भौतिक परिस्थितियां हमारी धरती पर पायी जाती हैं, वे विश्व के अन्य ग्रहों पर हो सकती हैं।

अंतरिक्ष-यात्रा का युग शुरू हो गया है। चन्द्रमा पर किसी प्रकार के जीव-जगत् के अस्तित्व के बारे में अभी जानकारी नहीं मिली है।

मंगल पर निम्नकोटि के जीव-जगत् के अस्तित्व की संभावना है। हमारे सौरमंडल के शेष ग्रहों पर किसी प्रकार के जीव-जगत् का अस्तित्व है या नहीं, इसकी जानकारी हमें इस सदी के अन्त तक मिल ही जायेगी, परन्तु दूसरे तारों के ग्रहों पर जीवन की खोज करने में भी अभी दीर्घ समय लगेगा। इनमें से कुछ ग्रहों पर हमारे जैसे या हमसे भी अधिक विकसित प्रणियों का अस्तित्व हो सकता है। दूर के ग्रहों के ये बुद्धिमान प्राणी हम तक पहुंचने या हमसे संपर्क स्थापित करने का प्रयत्न करेंगे।

बाह्य अंतरिक्ष के प्राणियों के ये संदेश हम तक पहुंच रहे हों या पहुंचेंगे तो हम इनका अर्थ कैसे जान पायेंगे?

इन सवालों पर गंभीरता से विचार किया जा रहा है। ब्रह्मांडीय भाषा के निर्माण का कार्य सरल नहीं है।

विज्ञान के किसी क्षेत्र में काम करने वाले वैज्ञानिक ऐसी भाषा के निर्माण के लिए समर्थ नहीं हैं। इसमें ज्योतिभौतिकविद्, रेडियो-खगोलविद् भौतिकवेत्ता, जीववेत्ता, नृतत्ववेत्ता, पुरातत्ववेत्ता आदि के सहयोग की आवश्यकता है। इसी आवश्यकता की पूर्ति के लिए हाल के आर्मीनिया (सोवियत रूस) की बुराकान ज्योतिभौतिकीय वेधशाला के परा-पार्थिव

सभ्यताओं के साथ संचार-संबंध विषय पर अमरीकी-रूसी वैज्ञानिकों के एक कन्फ्रेंस का आयोजन किया गया था। यह अपनी तरह का प्रथम सम्मेलन था।

इस कन्फ्रेंस के वैज्ञानिकों ने ब्रह्मांडीय संचार-साधनों पर विचार किया। बाह्य अंतरिक्ष के संकेतों को ग्रहण करने के लिए अधिक शक्तिशाली रेडियो तथा अवरक्त (इन्फ्रारेड) दूरबीन के निर्माण के सुझाव दिए। इस बात पर भी विचार किया गया कि बाह्य अंतरिक्ष के प्राणियों के साथ संपर्क स्थापित हो जाये तो मानव-जीवन पर इसका क्या प्रभाव पड़ेगा।

प्रसिद्ध भौतिकवेत्ता एवं इतिहासज्ञ राल्फ लाम्प के अनुसार बाह्य-अंतरिक्ष के प्राणियों के संदेश को हमने ग्रहण किया। इसकी उन्हें जानकारी देने का सरलतम तरीका यह है कि हम उन्हीं संमुतों को दोहरायें। हमारे द्वारा लौटाये गये इन संमुतों में थोड़ा हेरफेर करना जरूरी होगा, ताकि वे यह न समझ बैठें कि वह उनके संदेश की प्रतिध्वनि है।

प्रायः सभी वैज्ञानिक स्वीकार करते हैं कि ब्रह्मांडीय संचार के लिए सर्वोत्तम साधन है गणितीय भाषा। हमारे गणितीय नियम संपूर्ण ज्ञेय विश्व पर लागू होते हैं। जो गणितीय नियम पृथ्वी की भौतिक परिस्थितियों पर लागू होते हैं, वे मंगल, शुक्र या किसी दूरस्थ मन्दाकिनी के ग्रह पर भी लागू होंगे। इसीलिए कई साल पहले, जब रेडियो संचार-साधनों की खोज नहीं हुई थी,

वैज्ञानिकों ने सुझाया था कि साइबेरिया के विस्तृत मैदानों के 'पाइथागोरस के प्रमेय' की एक विशाल आकृति बनायी जाये। मंगल ग्रह के प्राणी इस आकृति को देख कर समझ जायेंगे कि पृथ्वी पर भी बुद्धिमान प्राणियों का अस्तित्व है।

अंतरिक्ष में जाने वाला विमान

अमरीका में इन दिनों ऐसे विचित्र आकार के एक विमान पर रिसर्च हो रहा है, जो आगे चलकर अंतरिक्ष यात्रा के क्षेत्र में क्रांतिकारी सिद्ध हो सकता है।

इसका नाम 'लिफ्टिंग बॉडी' है। हो सकता है, यह भविष्य के उन विमानों का प्रारम्भिक नमूना साबित हो जो पृथ्वी के वायुमण्डल और निकटवर्ती अंतरिक्ष दोनों में समान रूप से काम करें।

अब तक के साधारण अंतरिक्ष यानों की तरह इस विमान के भी पंख नहीं हैं। फिर भी यह आम विमान की तरह वायुमण्डल में घूम-फिर सकता है और उसी तरह किसी भी हवाई मैदान में उतर सकता है।

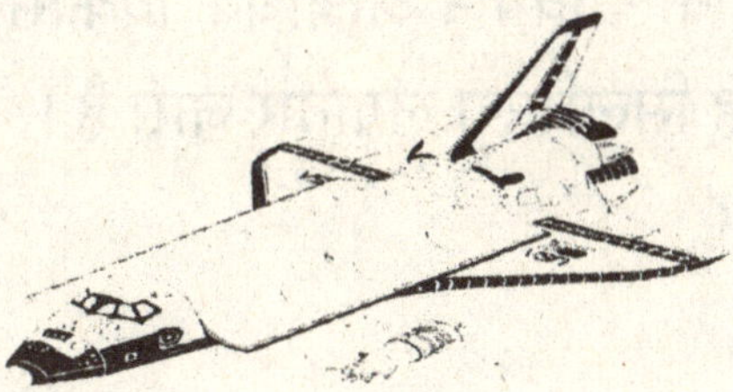

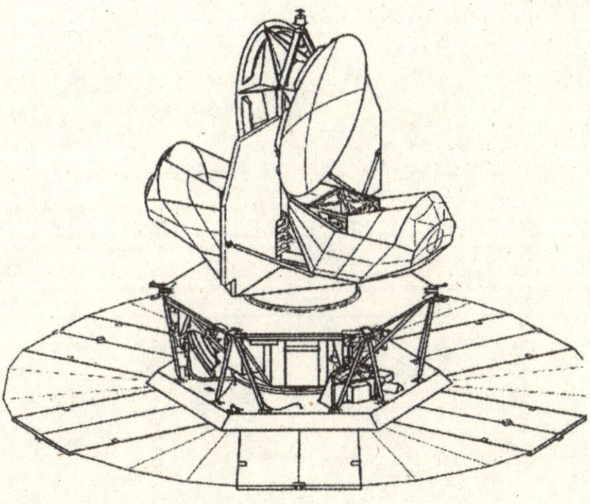

शक्तिशाली रेडियो तथा अवरक्त (इन्फ्रारेड) दूरबीन

अंतरिक्ष में जाने वाले किसी अन्य यान को अभी तक इस तरह पृथ्वी पर उतारा नहीं जा सका है।

'लिफ़्टिंग बाडी' अपने रूपाकार और अंतर योजनाओं में आकर्षण और जिज्ञासा का केन्द्र है।

अब तो अंतरिक्ष में जाने वाले विमान अत्यधिक विकसित हो गए हैं और विकास का यह सिलसिला लगातार जारी है।

सुरक्षित मॉडल और नियंत्रित गति

यह नया विमान अंतरिक्ष से लौटते समय वायुमण्डल में प्रवेश भी आसानी के साथ कर सकेगा, ऐसी आशा है। साधारण अंतरिक्ष-यान जब बाहरी अंतरिक्ष से वायुमण्डल में लौटते हैं तो हवा को छूते ही उसकी अत्यधिक रगड़ से (असाधारण नीति के कारण) उनका निचला सिरा जलने लगता है, लेकिन इस नए विमान में विषय में यह आशा है कि यह वायुमण्डल में प्रवेश करते समय जलेगा नहीं।

इस सुविधा के कारण इस विमान को बार-बार बाहरी अंतरिक्ष में भेजना और फिर वापस धरती पर उतारना सम्भव होगा, बिलकुल उसी तरह जैसे किसी भी साधारण वायुयान में प्रयोग किया जाता है।

इसके विपरीत इस समय तक रूस व अमरीका ने जो संचालन

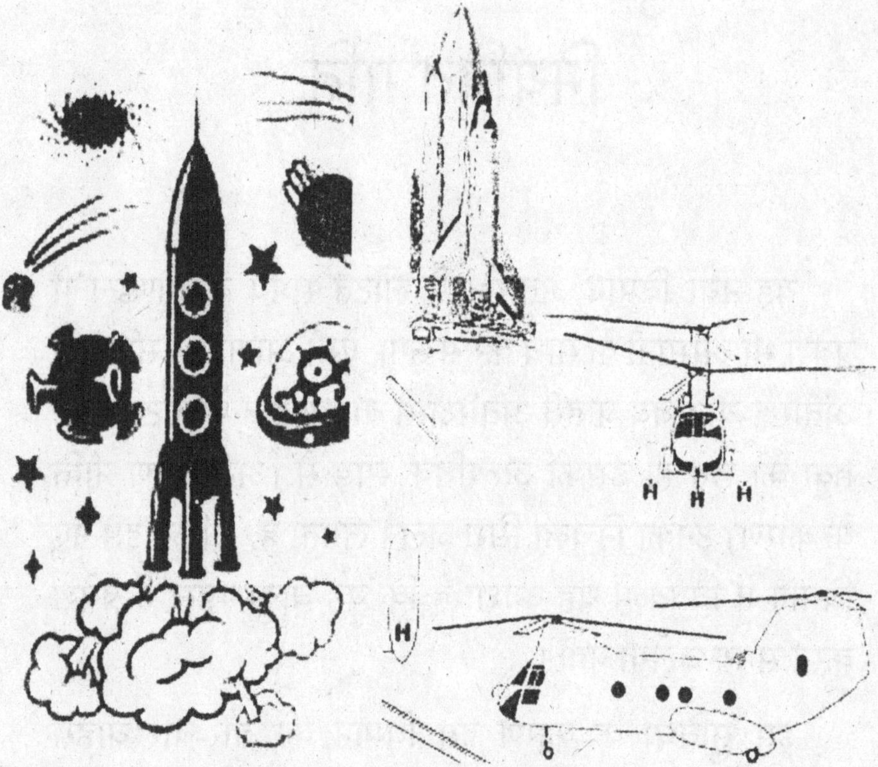

अंतरिक्ष यानों के आधुनिक मॉडल

या चालक विहीन अंतरिक्ष-यान बाहर अंतरिक्ष में भेजे हैं, वे सब सिर्फ एक उड़ान में उद्देश्य को सामने रखकर बनाये जाते हैं। तथा वे सब बड़ी-बड़ी हवाई छतरियों की सहायता से पृथ्वी पर वापस उतरे हैं।

अंतरिक्षयानों के मामले में इस कठिनाई के कारण हर बार की उड़ान के बाद यान व उसमें चालकों को वापस लाने के लिए धरती या समुद्र पर भारी व्यवस्था करनी पड़ती है।

अमरीका में किसी-किसी अंतरिक्ष-प्रयोग में यान व उसके चालक को वापस लाने के लिए 18,000 तक की संख्या के बचाव कार्यकर्ता लगाए गये हैं। इसके अलावा जो नियंत्रण व सूचना केन्द्र गाड़ियां व समुद्री जहाज़ इस काम में लगाये गए, उनकी संख्या अलग है।

लेकिन अब जिस प्रकार की अंतरिक्ष-यात्राओं की कल्पना की जा रही है, उसके अनुसार भविष्य में वायुमण्डल व अंतरिक्ष की सम्मिलित यात्राएं काफी सरल व रोजमर्रा की बात हो जायेंगी।

इस समय इस नए विमान के तीन डिजाइन विचाराधीन हैं। तीनों ही सिर्फ एक यात्री के बैठने और लेटने लायक जगह को ध्यान में रखकर तैयार किए गए हैं, लेकिन जरूरत के मुताबिक़ किसी भी नमूने को बड़े आकार का बनाकार उसमें ज्यादा यात्रियों के लिए गुंजाइश निकालना कुछ मुश्किल नहीं होगा।

हर डिजाइन का मूल सिद्धांत एक ही है। वह यह कि इस विमान को किसी भी शक्तिशाली अंतरिक्षीय रॉकेट की नोक पर फिट करके अंतरिक्ष में पहुंचाया जा सकता है, जहां वह एक साधारण स्पूतनिक या अंतरिक्ष-यान की तरह केवल अपनी गति के सहारे उड़ सकता है, फिर वह चालक द्वारा नियंत्रित होकर वायुमण्डल में प्रवेश का सकता है।

इस बीच चालक अपनी मर्जी से उसकी गति को 17,000 मील प्रति घंटा की अंतरिक्षीय गति से घटाकर 200 मील प्रति घंटा का मामूली गति तक ला सकता है और उसी गति से वह पृथ्वी पर उतर सकता है।

आधुनिक जेट विमान भी लगभग उतनी ही गति से पृथ्वी पर उतरते हैं।

इस नये विमान के भावी उपयोगों के सम्बन्ध में इस समय की धारणा यह है कि उसे अंतरिक्ष में चक्कर लगाते हुए वैज्ञानिक व अन्य केन्द्रों (स्पूतनिकों) तथा पृथ्वी पर स्थित केन्द्रों के बीच सामान व यात्रियों के परिवहन के लिए काम में लाया जाएगा।

कभी-कभार किसी संकट में पड़े हुए अंतरिक्ष-यान और उसके यात्रियों को बचाने के लिए भी यह उपयोगी सिद्ध हो सकेगा।

सबसे बड़ी उल्लेखनीय बात यह है कि इसकी उड़ान और वापसी की देखरेख के लिए, क्योंकि हर बार भारी संख्या में

कार्यकर्ताओं की ज़रूरत नहीं होगी, इसलिए हो सकता है कि यह भविष्य का आम अंतरिक्ष-यान ही सिद्ध हो, जिसमें लोग जब चाहें तब सवार होकर अंतरिक्ष की सैर कर आया करें।

वॉयजर अन्तरिक्षयान का अन्य ग्रहों को संदेश

ताजमहल, चीन की दीवार, भारत की सड़क पर भीड़-भरा ट्रेफिक, सूर्य, मंगल ग्रह, डी. एन. ए. और ऐसी ही कुछ वस्तुओं, स्थलों, लोगों, कला और प्रौद्योगिकी से सम्बन्धित 116 चित्र, 55 भाषाओं (सबसे प्राचीन भाषा मुमेरियन से लेकर प्रमुख भारतीय भाषाओं) में शुभकामना संदेश, पृथ्वी की कुछ आवाजें (बारिश, रेलगाड़ी की सीटी, चुंबन, बच्चे का रोना आदि) और विभिन्न संगीत-लहरियां (बैच, बेथोविन, मोजार्ट, जापानी, चीनी तथा एक भारतीय राग) इनं सबको जोड़कर बनाया गया तांबे का एक-एक प्लेइंग फोनोग्राफ रेकार्ड भेजा गया है।

उस समय अमरीकी अन्तरिक्षयान वॉयजर-2 तथा 1 पर इनके साथ अमरीकी राष्ट्रपति कार्टर तथा संयुक्त राष्ट्र के

अंतरिक्ष वैज्ञानिकों की प्रयोगशाला

महासचिव कुर्त वाल्डहाइम के संदेश भी थे। जानते हैं, यह सब किसलिए? कार्नेल विश्वविद्यालय के वैज्ञानिक कार्ल सागन तथा उनके सहयोगीयों का ख्याल है कि अपने सौरमण्डल में नहीं तो दूसरे तारों के ग्रहों पर अवश्य जीवन होगा और उनको पृथ्वी के जीवन के बारे में मालूम होना चाहिए। बस, इसी ख्याल के चलते उन्होंने पृथ्वी के जीवन और यहां की सभ्यता की पूरी तस्वीर उस रेकार्ड में रख दी।

यह रिकार्ड तो वॉयजर योजना का एक अंश है। दरअसल वॉयजर भेजे गए हैं एक बहुत लंबी यात्रा पर और रास्ते में वे बृहस्पति, शनि, वरुण आदि ग्रहों का अध्ययन करेंगे।

वॉयजर-2 अमरीकी अन्तरिक्ष-केन्द्र केप केनावेराल से 20 अगस्त को छोड़ा गया और वॉयजर 15 सितंबर 1978 को छोड़ा गया।

दोनों वॉयजर 1,800 पौंड के थे। इनमें टेलीविजन कैमरे तथा दूसरे वैज्ञानिक उपकरण लगे हैं, जिनसे पराबैंगनी विकिरण तथा रेडियो-निस्सारण को रिकार्ड किया जा सकेगा।

वॉयजर-1 अपनी छोटी कक्षा के वॉयजर-2 से चार माह पहले ही बृहस्पति के पास पहुंच गया (और इसीलिए उसका नाम वॉयजर-1 रखा गया है। दोनों वॉयजर बृहस्पति तथा उसके उपग्रहों (आयो, गैनीमीड, यूरोपा तथा कैलिस्टो) के रंगीन चित्र भेजे हैं। उसके बाद में वे शनि के पास से गुजरे। शनि रहस्यों से

भरा है। वॉयजर द्वारा भेजे गए आंकड़ों और चित्रों से शनि तथा उसके पृथ्वी जैसे उपग्रह टाइटैन की काफी जानकारी मिली। उम्मीद है कि टाइटैन पर जीवन होगा। शनि के बाद वॉयजर-2 वरुण के पास जाने वाला बना।

वॉयजर ही वरुण के चित्र पहले-पहल खींचेगा। वॉयजर-1 शनि का अध्ययन करने के बाद सौरमण्डल से बाहर दूसरे तारों के संसार में चला जाएगा।

'नासा' के वैज्ञानिकों का ख्याल है कि निकटतम तारामण्डल तक पहुंचने में वॉयजर-1 को 10,000 साल लगेंगे।

वॉयजर 50 करोड़ डालर की योजना है। वॉयजर-2 के प्रक्षेपण के बाद उसके कुछ यन्त्रों में जब गड़बड़ हुई, तो लगा कि सारा किया-धरा पानी में मिल गया, लेकिन फिर सब ठीक हो गया और वॉयजर-1 का भी प्रक्षेपण कर दिया गया।

अपने सौर-परिवार के दूरस्थ ग्रहों की जानकारी तो इससे मिली ही, साथ ही किसी दूसरे ग्रह के जीव इसे मिल जायें, ऐसी भी संभावना थी।

अन्तरिक्ष में जीवन की खोज जुगनू को

जी हां, आपको यह बात अटपटी अवश्य लगी होगी, परन्तु यह सत्य है कि अन्तरिक्ष में जीवन कितनी दूरी तक है, इसका पता लगाने के लिए वैज्ञानिक प्रयत्नशील हैं।

अन्तरिक्ष की खोज में तरह-तरह के जीवों ने वैज्ञानिकों की तहेदिल से सहायता की है और अब प्रयोगशाला में इस अभियान को आगे बढ़ाने के लिए एक नया जीव, यानी जुगनू आया है।

अन्तरिक्ष में जीवन की खोज की महत्त्वपूर्ण जिम्मेदारी वैज्ञानिकों ने जुगनू पर उसके टिमटिमाने वाले पदार्थ की ओर आकर्षित होकर डाली है।

अमरीकी अन्तरिक्ष से वैज्ञानिकों ने परीक्षणों और प्रयोग यह जाना है कि जुगनू की पूंछ में चमकने वाला पदार्थ

अन्तरिक्ष में जीवन की जानकारी देने में बड़ा सहायक सिद्ध होगा।

जुगनू की चमकती हुई पूंछ से वह रासायनिक द्रव्य निकाल कर उस पदार्थ से एक नया संवेदनशील पदार्थ बनाकर अन्तरिक्ष में रॉकेट द्वारा भेजा जाएगा तो वह पदार्थ उस समय चमकेगा जब उसकी टकराहट अन्तरिक्ष में ऊंचाई पर तैरते हुए छोटे-से-छोटे जीवाणुओं से होगी। इस प्रकार यह जाना जा सकेगा कि अन्तरिक्ष में कितनी ऊंचाई (अर्थात दूरी) तक जीवाणु मौजूद हैं।

अमरीका में ग्रीनबेल्ट गोडार्ड अन्तरिक्ष उड्डयन केन्द्र में इस संबंध में अनेक प्रयोग किए जा रहे हैं।

अन्तरिक्ष में जुगनू कहां तक सहायक सिद्ध होंगे, इसके परीक्षण-कार्य के लिए बहुत-से जुगनूओं की आवश्यकता होती है। अतः जुगनूओं की एक बड़ी संख्या इकट्ठा करने का कार्य अमरीका के फ्लोरिडा-4 एच क्लबों के ज़िम्मे सौंपा गया। ये क्लब ढेरों जुगनूओं को पकड़ कर शीशियों में बंद कर प्रयोगशाला में भेज देते हैं।

अब आप कहेंगे कि आखिर जुगनू के चमकीले पदार्थ से तैयार यह रासायनिक पदार्थ अन्तरिक्ष में विद्यमान जीवाणुओं की जानकारी भला कैसे देगा? तो आइए, मोटे तौर पर उसे भी जान लें।

वैज्ञानिकों ने परीक्षणों से यह तथ्य निकाला है कि सभी

जीवधारियों में ए. टी. पी. नामक पदार्थ की थोड़ी-बहुत मात्रा अवश्य होती है, चाहे वे मनुष्य हों या जानवर या कोई अन्य जीव। जब वैज्ञानिक जुगनू के चमकीले पदार्थ से बना रासायनिक पदार्थ लूसीफरिन और लूसीफरेस के पैकेट में रॉकेट द्वारा भेजेंगे तो अन्तरिक्ष में विद्यमान जीवाणुओं का जहां भी इन मिश्रण पैकटों से टकराव होगा, यह मिश्रण उन जीवाणुओं में विद्यमान ए. टी. पी. पदार्थ को निचोड़ लेगा, जिससे यह मिश्रण चमकने लगेगा। एक फोटोमल्टिप्लायर नली इस प्रकाश का पता लगाएगी और धरती पर प्रयोगशालाओं को इसकी सूचना देगी।

इस प्रकार जुगनू के शरीर से निकले ये रसायन मानव की अन्तरिक्ष-यात्रा और जानकारी में काफी सहायक सिद्ध होंगे।

•••

प्रश्नोत्तरी

1. 'अंतरिक्ष-यात्रा' की कम-से-कम दूरी कितनी होती है?

(अ) 900 किलोमीटर (ब) 500 किलोमीटर

(स) 1000 किलोमीटर (द) 100 किलोमीटर

2. वायुमण्डल में फैली हवा, धूल, मिट्टी व पानी के कारण आसमान किस रंग का दिखाई देता है?

(अ) काला (ब) नीला

(स) सफेद (द) नारंगी

3. आसमान में इन्द्रधनुष किसके कारण बनता है?

(अ) घने बादल (ब) कोहरे

(स) वर्षा की बूंदों (द) ओस की बूंदों

4. अंतरिक्ष से पृथ्वी का चित्र उतारने पर एक साथ कितना उतारा जा सकता है?

(अ) 25 वर्ग किलोमीटर (ब) 50 वर्ग किलोमीटर

(स) 75 वर्ग किलोमीटर (द) 81 वर्ग किलोमीटर

5. हमारा विश्व लगभग कितना वर्ष पुराना है?

(अ) 5 अरब साल (ब) 10 अरब साल

(स) 15 अरब साल (द) 20 अरब साल

6. वॉयजर अंतरिक्ष में कब छोड़ा गया?

(अ) 15 सितम्बर 1978 (ब) 10 सितम्बर 1978

(स) 20 सितम्बर 1990 (द) 20 अगस्त 1980

7. 'राकेट' शब्द कौन सी भाषा से लिया गया है?

(अ) अंग्रेज़ी (ब) हिन्दी

(स) संस्कृत (द) इतालवी

8. अंतरिक्ष में जाने वाला पहला मानव कौन था?

(अ) राइट ब्रदर्स (ब) एच. जी. वेल्स

(स) यूरी गगारिन (द) गोडार्ड

उत्तर

1. (अ), 2. (ब), 3. (स), 4. (द), 5. (ब), 6. (अ), 7. (द), 8. (स)

रोचक विचित्र सत्य

वे अंतरिक्ष से आये

चौंकें नहीं, अंतरिक्ष से कई चीजें सारे संसार के बाज़ार में आ गयी हैं। पहली चीज़ तो है, बेहतर टी.वी. सेट, अमरीका ने जब चांद पर इंसान को भेजा, तो भारी-भरकम टी.वी. के बक्से की जगह खूबसूरत इलेक्ट्रॉनिक उपकरणों वाले टी.वी. सेट का आविष्कार हो गया, ताकि बिना कष्ट के कार्यक्रम देखे जा सकें।

और चश्में। हां, वैसे शीशे, धूप चश्मे, कार की खिड़कियों के शीशों का भी आविष्कार हुआ, जो कमाल के हैं। अब रात में वैसे चश्मे पहनकर घूमा जा सकता है, जिन्हें पहनने पर अच्छी

तरह नज़र आता है। मूलतः ऐसे शीशे का आविष्कार अंतरिक्ष यात्रियों के लिए हुआ था।

चांद पर चलने के लिए नये किस्म के जूते बनाये गये थे। उन्हें पहनने पर ज़्यादा आराम, जोड़ों में बिल्कुल दर्द नहीं और गर्मी या सर्दी से कोई फर्क नहीं पड़ता। अब वही जूते बाज़ार में खुलेआम बिक रहे हैं।

दिल के रोगियों के लिए इतने छोटे पेसमेकर आ गये हैं, जो औरतों के पर्स में आसानी से समा सकते हैं। ऊटा के रे वार्ड ने केवल 27 डालर की लागत से छोटा-सा पानी साफ करने वाला फिल्टर बनाया। उसे ही अंतरिक्ष यात्री अपने साथ ले गये थे। सर वार्ड का यंत्र अब करोड़ों डालर का मुनाफा दे रहा है।

अंतरिक्ष टेक्नोलॉजी के चमत्कार से सिर के बाल नहीं उड़ने देने वाली दवाई का आविष्कार भी हुआ है। वह सिर को ठंडा रखती है। अंतरिक्ष यात्री उसे अपने अंडरवीयर में रखते हैं, जो उनके शरीर की फालतू गर्मी को हटा देती है। इस रसायन का सिर पर इस्तेमाल करने से कमाल के परिणाम मिले हैं।

तभी तो नासा की सलाहकार परिषद के डगलस मोरी का कहना है, 'अंतरिक्ष युग तो आज आ ही चुका है।'

–पंकज प्रसून

क्या आप जानते हैं?

1. बुध ग्रह सबसे चमकीला है।
2. मंगल ग्रह पृथ्वी के सबसे करीब है।
3. पृथ्वी के चारों ओर गैस की एक परत है जिसे, ओजोन कहते हैं।
4. हमारी पृथ्वी का उपग्रह चन्द्रमा है।
5. पृथ्वी के उत्तरी व दक्षिण ध्रुवों की बर्फ धीरे-धीरे कम होती जा रही है।
6. सभी ग्रह सूर्य की परिक्रमा करते हैं।
7. पृथ्वी सूर्य की एक परिक्रमा की दूरी, एक साल में 958 लाख किलोमीटर तय करती है।

8. यदि कोई सितारा अपनी गुरुत्वाकर्षण शक्ति से न बंधा हो, तो उसमें विस्फोट हो जाता है या वह किसी अन्य ग्रह से टकराकर नष्ट हो जाता है।

9. घाना की 'बोसूमित्वी' नामक झील एक उल्का पिंड से बने गड्ढे में है।

10. एक विशाल भूमिगत नदी नील नदी से छह गुना अधिक पानी के साथ बहती है।

●●●